ESTE DIÁRIO PERTENCE A:

Harry Potter™

AMBIÇÃO

SEU DIÁRIO PARA
EXPLORAR O MUNDO DA

SONSERINA

TRADUÇÃO
PAULO NORIEGA

Belas Letras

INTRODUÇÃO

AMBIÇÃO. ASTÚCIA. INSTINTO DE LIDERANÇA. Essas são as características da casa Sonserina, a mais orgulhosa de Hogwarts, com suas suntuosas cores verde e prata e uma serpente como símbolo. Há muitos sonserinos notáveis e queridos nos filmes da saga Harry Potter. Desde Severo Snape e Draco Malfoy até a insana Belatriz Lestrange, os sonserinos são representados por uma vasta gama de bruxas e bruxos. Mas o que significa verdadeiramente pertencer à Sonserina? Como você pode realçar suas qualidades naturais de ambição, astúcia e liderança e usá-las em seu dia a dia?

Este diário, composto de atividades para 52 semanas, vai ajudar você a desenvolver a sua Sonserina interior. Cada semana inclui dois tipos de atividade. O primeiro é um espaço para registrar seus atos diários de ambição, astúcia e liderança. Em páginas que parecem as de uma agenda, você vai poder anotar os pequenos "momentos sonserinos" vivenciados ao longo de sua semana. Mas não precisa se forçar a fazer isso diariamente. Afinal, nem todo dia temos oportunidade de demonstrar nossa liderança. No entanto, esse exercício lhe dará a chance de perceber de que modo você incorpora seu lado sonserino. O segundo tipo de atividade é mais profundo e faz referência a citações, momentos, lugares ou personagens dos filmes, convidando você a pensar de que forma suas características sonserinas podem moldar e afetar sua vida. Essas atividades incluem escrita livre, listas, imagens para colorir e muito mais.

Os filmes da saga Harry Potter nos inspiraram; agora está na hora de explorá-los mais a fundo e abraçar a Sonserina que existe dentro de você.

SEMANA 1

MOMENTOS SONSERINOS:

Atos diários de ambição, astúcia e liderança

Segunda-feira

Terça-feira

Quarta-feira

Quinta-feira

Sexta-feira

Sábado

Domingo

SEMANA 1

SONSERINOS COMO DRACO MALFOY, SEVERO SNAPE e Horácio Slughorn contam com sua astúcia, ambição e instinto de liderança para conquistar seus objetivos. Ao abraçar com propósito as qualidades da sua Sonserina interior, você está agindo ativamente para realizar seus sonhos. O que você espera alcançar ou descobrir utilizando este diário? Como acha que suas qualidades sonserinas podem ajudar você nesse processo?

SEMANA 2

MOMENTOS SONSERINOS:

Atos diários de ambição, astúcia e liderança

Segunda-feira

Terça-feira

Quarta-feira

Quinta-feira

Sexta-feira

Sábado

Domingo

SEMANA 2

PAUSA PARA COLORIR

Na primeira noite dos alunos em Hogwarts, o Chapéu Seletor indica para qual casa eles devem ir, levando em conta histórico, talentos, personalidade e escolha pessoal. Por conta de sua ambição, sua astúcia e seu instinto de liderança, você foi selecionado para a Sonserina. Pinte o chapéu abaixo e decore a página ao lado com imagens e enfeites que representem sua identidade sonserina.

SEMANA 3

MOMENTOS SONSERINOS:

Atos diários de ambição, astúcia e liderança

Segunda-feira

Terça-feira

Quarta-feira

Quinta-feira

Sexta-feira

Sábado

Domingo

SEMANA 3

EM *HARRY POTTER E A PEDRA FILOSOFAL*, Harry descobre o Espelho de Ojesed em uma sala abandonada de Hogwarts. Ao olhar para o objeto, ele vê os pais. Como o professor Dumbledore explica posteriormente, o espelho mostra o desejo mais ardente do coração de quem o encara. O que você acha que veria se olhasse para o espelho? Você observa alguma ligação entre o seu desejo e a sua identidade sonserina? Qual?

SEMANA 4

MOMENTOS SONSERINOS:

Atos diários de ambição, astúcia e liderança

Segunda-feira

Terça-feira

Quarta-feira

Quinta-feira

Sexta-feira

Sábado

Domingo

SEMANA 4

EXISTEM MUITOS PERSONAGENS INCRÍVEIS da Sonserina nos filmes da saga Harry Potter. Qual é o seu favorito? De que forma você acha que esse personagem representa as características dessa casa?

SEMANA 5

MOMENTOS SONSERINOS:

Atos diários de ambição, astúcia e liderança

Segunda-feira

Terça-feira

Quarta-feira

Quinta-feira

Sexta-feira

Sábado

Domingo

SEMANA 5

"Seus triunfos irão render pontos.
Se quebrarem alguma regra,
irão perder pontos."

— Professora McGonagall, *Harry Potter e a Pedra Filosofal*

É importante celebrar nossas vitórias.
Faça uma lista de cinco vitórias recentes suas que você acredita que renderiam pontos para a Sonserina. Premie-se com o número de pontos que você acha que ganharia. Bom trabalho!

1.

Pontos:

2.

Pontos:

3.

Pontos:

4.

Pontos:

5.

Pontos:

SEMANA 6

MOMENTOS SONSERINOS:

Atos diários de ambição, astúcia e liderança

Segunda-feira

Terça-feira

Quarta-feira

Quinta-feira

Sexta-feira

Sábado

Domingo

SEMANA 6

NO PRIMEIRO DIA DE HARRY EM HOGWARTS, ele e Rony se perdem e chegam atrasados para a aula. Sendo da Sonserina, imagine como você passaria seu primeiro dia em Hogwarts.

SEMANA 7

MOMENTOS SONSERINOS:

Atos diários de ambição, astúcia e liderança

Segunda-feira

Terça-feira

Quarta-feira

Quinta-feira

Sexta-feira

Sábado

Domingo

SEMANA 7

NOSSAS HABILIDADES E TALENTOS geralmente refletem nossas qualidades interiores naturais. Por exemplo, Harry tem habilidade para voar de vassoura, um talento que, pode-se dizer, reflete as características de ousadia e coragem da Grifinória. Quais habilidades específicas e talentos você tem, e como acha que eles se relacionam com suas qualidades sonserinas?

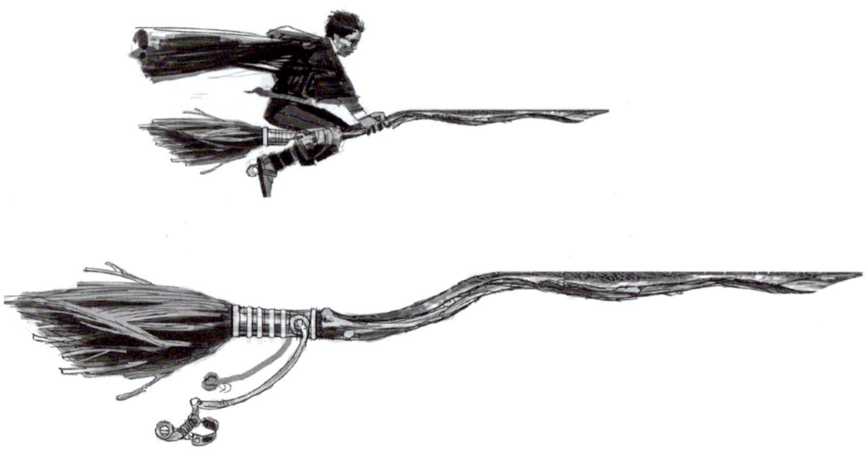

Arte conceitual de Harry e da Firebolt, por Dermot Power.

Arte conceitual, por Adam Brockbank.

SEMANA 8

MOMENTOS SONSERINOS:

Atos diários de ambição, astúcia e liderança

Segunda-feira

Terça-feira

Quarta-feira

Quinta-feira

Sexta-feira

Sábado

Domingo

SEMANA 8

O PROFESSOR SNAPE É O DIRETOR da casa Sonserina durante os anos de Harry em Hogwarts. Não há dúvidas de que os professores, principalmente aqueles com quem convivemos de forma próxima, exercem grande influência no tipo de pessoa que nos tornamos ao crescer. Escreva uma carta para o "diretor da sua casa" — um professor ou mentor que ajudou você a desenvolver suas qualidades sonserinas —, refletindo sobre o que ele lhe ensinou e agradecendo a ele por ter feito parte de sua jornada.

SEMANA 9

MOMENTOS SONSERINOS:

Atos diários de ambição, astúcia e liderança

Segunda-feira

Terça-feira

Quarta-feira

Quinta-feira

Sexta-feira

Sábado

Domingo

SEMANA 9

DURANTE O SEXTO ANO DE HARRY em Hogwarts, o professor Horácio Slughorn, um antigo diretor da casa Sonserina, se torna o novo mestre das Poções da escola. Slughorn tem um estilo diferente de ensinar. Como você acha que as qualidades sonserinas do professor Slughorn são representadas em sua personalidade como educador? O que acha que pode aprender com ele, tanto como sonserino quanto como pessoa?

SEMANA 10

MOMENTOS SONSERINOS:

Atos diários de ambição, astúcia e liderança

Segunda-feira

Terça-feira

Quarta-feira

Quinta-feira

Sexta-feira

Sábado

Domingo

SEMANA 10

"Todos temos luz e trevas
dentro de nós. O que importa
é o lado do qual decidimos agir.
Isso é o que realmente somos."

— Sirius Black, *Harry Potter e a Ordem da Fênix*

Sirius Black diz esta poderosa frase em *Harry Potter e a Ordem da Fênix*, num momento em que Harry está se sentindo assustado, ansioso e inseguro em relação à sua identidade. Podemos interpretar essa frase como um lembrete de que todos nós temos pontos fortes e fracos, nossas características positivas e nossos defeitos. Em geral, pessoas da Sonserina são descritas como ambiciosas, astutas e inventivas. No entanto, também têm a fama de serem orgulhosas e intolerantes. Pense em dois momentos da sua vida: um quando seu comportamento refletiu o lado "luz" da Sonserina e outro quando refletiu o lado "trevas". Descreva esses acontecimentos na página ao lado. O que você pode aprender com eles?

Luz:

Trevas:

SEMANA 11

MOMENTOS SONSERINOS:

Atos diários de ambição, astúcia e liderança

Segunda-feira

Terça-feira

Quarta-feira

Quinta-feira

Sexta-feira

Sábado

Domingo

SEMANA 11

EM *HARRY POTTER E O ENIGMA DO PRÍNCIPE*, Draco Malfoy se torna um Comensal da Morte. Ele passa o ano inteiro trabalhando de forma incansável e desesperada para consertar o Armário Sumidouro, na Sala Precisa, sob as ordens de Lorde Voldemort. No final do ano letivo, ele consegue concluir a tarefa. Escreva três objetivos de longo prazo nos quais você esteja trabalhando neste momento. Como suas habilidades podem ajudar você a alcançar esses desejos?

1.

2.

3.

SEMANA 12

MOMENTOS SONSERINOS:

Atos diários de ambição, astúcia e liderança

Segunda-feira

Terça-feira

Quarta-feira

Quinta-feira

Sexta-feira

Sábado

Domingo

SEMANA 12

"Pode-se encontrar a felicidade, mesmo nas horas mais sombrias, se a pessoa se lembrar de acender a luz."

— Professor Dumbledore, *Harry Potter e o prisioneiro de Azkaban*

Liste dez coisas que alegram seu coração sonserino. Lembre-se delas quando estiver passando por momentos difíceis ou estressantes.

1.

2.

3.

4.

5.

6.

7.

8.

9.

10.

SEMANA 13

MOMENTOS SONSERINOS:

Atos diários de ambição, astúcia e liderança

Segunda-feira

Terça-feira

Quarta-feira

Quinta-feira

Sexta-feira

Sábado

Domingo

SEMANA 13

EM *HARRY POTTER E AS RELÍQUIAS DA MORTE – PARTE 1*, Harry e seus amigos são capturados e levados para a mansão Malfoy. Quando pedem a Draco para identificar seu rival, que estava disfarçado por uma azaração ferreteante, ele evita dar uma resposta precisa, apesar de, como Harry aponta mais tarde, o ter reconhecido perfeitamente. Você acha que Draco tomou a decisão certa naquele momento? Sabendo o que ele sabia na época, você teria tomado a mesma decisão? Por que sim ou por que não?

SEMANA 14

MOMENTOS SONSERINOS:

Atos diários de ambição, astúcia e liderança

Segunda-feira

Terça-feira

Quarta-feira

Quinta-feira

Sexta-feira

Sábado

Domingo

SEMANA 14

PAUSA PARA COLORIR

Está na hora de demonstrar orgulho por sua casa. Pinte o brasão da Sonserina, abaixo, e decore o resto da página com adornos e enfeites de sua escolha.

SEMANA 15

MOMENTOS SONSERINOS:

Atos diários de ambição, astúcia e liderança

Segunda-feira

Terça-feira

Quarta-feira

Quinta-feira

Sexta-feira

Sábado

Domingo

SEMANA 15

NOS FILMES DA SAGA, Harry Potter e Draco Malfoy são rivais implacáveis. Você já teve um rival? Essa pessoa estava na mesma casa que a sua ou pertencia a outra? O que nessa pessoa ia contra suas características sonserinas?

SEMANA 16

MOMENTOS SONSERINOS:

Atos diários de ambição, astúcia e liderança

Segunda-feira

Terça-feira

Quarta-feira

Quinta-feira

Sexta-feira

Sábado

Domingo

SEMANA 16

O CASTELO DE HOGWARTS É UMA IMENSA e antiga construção repleta de salas de aula, salas comunais, mirantes suspensos, masmorras obscuras, torres altas, escadas que se movem e mais de uma sala secreta. Qual parte do castelo você teria mais vontade de explorar? Vê alguma ligação entre sua escolha e sua identidade sonserina? Qual?

Arte conceitual do exterior e do interior do Castelo de Hogwarts, por Andrew Williamson.

Da esq. para a dir., em sentido horário: O exterior do Castelo de Hogwarts, por Andrew Williamson; arte conceitual de um vitral do banheiro dos monitores, por Adam Brockbank; estudo do Corujal, por Andrew Williamson; esboço conceitual dos alunos do segundo ano na Estufa Três, por Andrew Williamson.

SEMANA 17

MOMENTOS SONSERINOS:

Atos diários de ambição, astúcia e liderança

Segunda-feira

Terça-feira

Quarta-feira

Quinta-feira

Sexta-feira

Sábado

Domingo

SEMANA 17

IMAGINE QUE VOCÊ TENHA A OPORTUNIDADE de entrevistar algum personagem da Sonserina dos filmes da saga Harry Potter. Quem você escolheria? Escreva dez perguntas que faria.

10 PERGUNTAS PARA: ____________________

1. ____________________

2. ____________________

3. ____________________

4. ____________________

5.

6.

7.

8.

9.

10.

SEMANA 18

MOMENTOS SONSERINOS:

Atos diários de ambição, astúcia e liderança

Segunda-feira

Terça-feira

Quarta-feira

Quinta-feira

Sexta-feira

Sábado

Domingo

SEMANA 18

EM *HARRY POTTER E O ENIGMA DO PRÍNCIPE*, Harry recupera, na Caverna de Cristal, um medalhão que crê ser uma horcrux, mas acaba descobrindo que é uma réplica, colocada ali por alguém com as iniciais R. A. B. Mais tarde, Harry fica sabendo que se trata de Régulo Black, irmão de Sirius, um Comensal da Morte sonserino que traiu Voldemort numa tentativa de destruir a horcrux — uma decisão que levou à sua morte. Você já agiu de alguma maneira que fosse contra as características da sua casa? Descreva as circunstâncias abaixo.

SEMANA 19

MOMENTOS SONSERINOS:

Atos diários de ambição, astúcia e liderança

Segunda-feira

Terça-feira

Quarta-feira

Quinta-feira

Sexta-feira

Sábado

Domingo

SEMANA 19

NOS FILMES DA SAGA HARRY POTTER, membros de uma família são frequentemente — mas nem sempre — selecionados para a mesma casa. Enquanto todos os Weasley são da Grifinória e todos os Malfoy são da Sonserina, personagens como Sirius Black, Parvati Patil e Padma Patil estão em casas diferentes das de seus familiares. A quais casas seus pais e irmãos pertenceriam e por quê? Como você acha que isso pode ter contribuído para você ser da Sonserina?

SEMANA 20

MOMENTOS SONSERINOS:

Atos diários de ambição, astúcia e liderança

Segunda-feira

Terça-feira

Quarta-feira

Quinta-feira

Sexta-feira

Sábado

Domingo

SEMANA 20

"Palavras são, na minha nada humilde opinião, nossa inesgotável fonte de magia. Capazes de causar grandes sofrimentos e também de remediá-los."

— Professor Dumbledore, *Harry Potter e as Relíquias da Morte – Parte 2*

AS PALAVRAS IMPORTAM!

Escreva um mantra para ajudar você a acessar sua Sonserina interior. Use o espaço abaixo para esboçar seus pensamentos e escreva a versão final no escudo da página ao lado.

MEU MANTRA DA SONSERINA

SEMANA 21

MOMENTOS SONSERINOS:

Atos diários de ambição, astúcia e liderança

Segunda-feira

Terça-feira

Quarta-feira

Quinta-feira

Sexta-feira

Sábado

Domingo

SEMANA 21

"Bem-vindos a Hogwarts.
Bom, em alguns minutos, vocês vão atravessar essas portas e conhecer seus colegas, mas antes de tomarem os seus lugares vão ser selecionados para suas casas. Elas são Grifinória, Lufa-Lufa, Corvinal e Sonserina. Enquanto estiverem aqui, suas casas serão como suas famílias."

— Professora McGonagall, *Harry Potter e a Pedra Filosofal*

Pense em seus amigos mais próximos.
A quais casas eles pertencem? São da mesma que você?
Como isso afeta seu relacionamento com eles?

SEMANA 22

MOMENTOS SONSERINOS:

Atos diários de ambição, astúcia e liderança

Segunda-feira

Terça-feira

Quarta-feira

Quinta-feira

Sexta-feira

Sábado

Domingo

SEMANA 22

PENSE EM SUAS INTERAÇÕES SOCIAIS

como um típico sonserino. Escreva sobre um momento em que você e seus amigos agiram como sendo da Sonserina. O que você fez? Por que essa lembrança, em particular, é valiosa para você?

SEMANA 23

MOMENTOS SONSERINOS:

Atos diários de ambição, astúcia e liderança

Segunda-feira

Terça-feira

Quarta-feira

Quinta-feira

Sexta-feira

Sábado

Domingo

SEMANA 23

"Não há um bruxo que tenha ficado mau que não foi da Sonserina."

— Rony Weasley, *Harry Potter e a Pedra Filosofal*

A frase acima, dita por Rony Weasley durante a cerimônia do Chapéu Seletor em *Harry Potter e a Pedra Filosofal*, ilustra o fato de que estereótipos existem, mesmo no mundo bruxo. Seja a crença de que todas as pessoas da Grifinória são "exibidas", todas da Corvinal são "excêntricas" ou todas da Sonserina são "más", esses estereótipos podem ser nocivos e injustos. Quais são os estereótipos sobre as pessoas da Sonserina que você sente serem injustos? O que você diz quando se vê diante deles?

SEMANA 24

MOMENTOS SONSERINOS:

Atos diários de ambição, astúcia e liderança

Segunda-feira

Terça-feira

Quarta-feira

Quinta-feira

Sexta-feira

Sábado

Domingo

SEMANA 24

"Mas escute: se para você significa muito, você pode escolher a Grifinória... O Chapéu Seletor leva sua opinião em consideração."

— Harry Potter, *Harry Potter e as Relíquias da Morte — Parte 2*

Nos filmes da saga, o Chapéu Seletor havia originalmente planejado colocar Harry na Sonserina, mas o garoto implorou para o chapéu não fazer isso, e o Chapéu Seletor aceitou sua decisão. Caso pudesse decidir, você escolheria ser da Sonserina? Por que sim ou por que não?

SEMANA 25

MOMENTOS SONSERINOS:

Atos diários de ambição, astúcia e liderança

Segunda-feira

Terça-feira

Quarta-feira

Quinta-feira

Sexta-feira

Sábado

Domingo

SEMANA 25

EM *HARRY POTTER E A PEDRA FILOSOFAL*, Harry, Rony, Hermione e Draco são pegos fora da cama à noite e penalizados com uma detenção na Floresta Proibida. Imagine que penalizaram você com uma detenção em Hogwarts. Com base na sua personalidade como alguém da Sonserina, quais regras você acha que teria mais propensão a quebrar e por quê?

SEMANA 26

MOMENTOS SONSERINOS:

Atos diários de ambição, astúcia e liderança

Segunda-feira

Terça-feira

Quarta-feira

Quinta-feira

Sexta-feira

Sábado

Domingo

SEMANA 26

EM *HARRY POTTER E O PRISIONEIRO DE AZKABAN*, o professor Lupin ensina aos alunos do terceiro ano como repelir um bicho-papão, uma criatura das trevas que assume a forma do maior medo de alguém. Você tem algum medo específico que esteja relacionado com sua identidade sonserina? Medo de fracassar? Medo da vergonha? Medo de cobras? Escreva seus medos na página ao lado. Depois, na página seguinte, onde está escrito "*Riddikulus!*", descreva o que você usaria para repelir o bicho-papão caso ele se transformasse em seu maior medo.

O bicho-papão com a aparência do mestre das Poções, Severo Snape, vestido como a avó de Neville Longbottom. Croqui de Jany Temime, desenhado por Laurent Guinci.

Riddikulus!

Arte conceitual do bicho-papão na versão caixa-surpresa, por Rob Bliss.

SEMANA 27

MOMENTOS SONSERINOS:

Atos diários de ambição, astúcia e liderança

Segunda-feira

Terça-feira

Quarta-feira

Quinta-feira

Sexta-feira

Sábado

Domingo

SEMANA 27

PENSE NA CASA com a qual você sente mais dificuldade de se identificar. Em relação a essa casa, o que você, como alguém da Sonserina, acha difícil de entender ou valorizar?

SEMANA 28

MOMENTOS SONSERINOS:

Atos diários de ambição, astúcia e liderança

Segunda-feira

Terça-feira

Quarta-feira

Quinta-feira

Sexta-feira

Sábado

Domingo

SEMANA 28

A SALA COMUNAL DA SONSERINA é um espaço elegantemente decorado, com mobília suntuosa e pouca luz, apropriado para uma sala subterrânea e para uma casa que se orgulha de sua história antiga e de sua forte liderança. Olhe em volta de seu próprio espaço. Quais objetos ou elementos você sente que refletem seus gostos como alguém da Sonserina?

SEMANA 29

MOMENTOS SONSERINOS:

Atos diários de ambição, astúcia e liderança

Segunda-feira

Terça-feira

Quarta-feira

Quinta-feira

Sexta-feira

Sábado

Domingo

SEMANA 29

OS FILMES DA SAGA HARRY POTTER estão repletos de exemplos de pares românticos formados por pessoas de casas diferentes, como Lupin e Tonks, Harry e Cho, Neville e Luna. Pense em seu parceiro romântico ideal. Vocês são da mesma casa? A qual casa seu parceiro pertence e por quê?

SEMANA 30

MOMENTOS SONSERINOS:

Atos diários de ambição, astúcia e liderança

Segunda-feira

Terça-feira

Quarta-feira

Quinta-feira

Sexta-feira

Sábado

Domingo

SEMANA 30

IMAGINE QUE A SONSERINA ACABOU DE VENCER a Copa das Casas. Como você comemoraria? Use este espaço para anotar algumas ideias para a festa perfeita, à qual todas as pessoas da Sonserina, de toda parte, adorariam comparecer.

SEMANA 31

MOMENTOS SONSERINOS:

Atos diários de ambição, astúcia e liderança

Segunda-feira

Terça-feira

Quarta-feira

Quinta-feira

Sexta-feira

Sábado

Domingo

SEMANA 31

QUANDO OS ALUNOS DO PRIMEIRO ANO de Hogwarts são selecionados para suas casas, eles têm 11 anos. Você acha que teria sido selecionado para a Sonserina com essa idade? Como você mudou ou cresceu desde então?

SEMANA 32

MOMENTOS SONSERINOS:

Atos diários de ambição, astúcia e liderança

Segunda-feira

Terça-feira

Quarta-feira

Quinta-feira

Sexta-feira

Sábado

Domingo

SEMANA 32

EM *HARRY POTTER E O ENIGMA DO PRÍNCIPE*, Harry recebe a missão de recuperar uma lembrança do professor Slughorn. Isso representa um problema, já que o relutante professor, ao perceber o que Harry está tentando fazer, passa a evitá-lo. No fim, Harry resolve a questão ao tomar uma dose de Felix Felicis e apelar para uma lembrança que Slughorn tem de sua mãe. Sendo da Sonserina, como você resolve seus problemas? Quando foi a última vez que usou suas qualidades sonserinas para resolver um problema e como as usou?

SEMANA 33

MOMENTOS SONSERINOS:

Atos diários de ambição, astúcia e liderança

Segunda-feira

Terça-feira

Quarta-feira

Quinta-feira

Sexta-feira

Sábado

Domingo

SEMANA 33

EM *HARRY POTTER E A ORDEM DA FÊNIX*,

Harry erroneamente acredita em uma visão enviada a ele por Lorde Voldemort, que mostra seu padrinho, Sirius, em perigo. Harry corre para ajudá-lo, uma ação que, no fim, leva à morte de Sirius. Pense na última vez que você cometeu um erro. Houve algum aspecto da sua identidade sonserina que desempenhou um papel nessa situação? O que você poderia ter feito diferente?

SEMANA 34

MOMENTOS SONSERINOS:

Atos diários de ambição, astúcia e liderança

Segunda-feira

Terça-feira

Quarta-feira

Quinta-feira

Sexta-feira

Sábado

Domingo

SEMANA 34

"Não estou indo para casa.

Não mesmo."

— Harry Potter, *Harry Potter e a Pedra Filosofal*

Todas as pessoas têm lugares especiais em suas vidas. Lugares onde se sentem elas mesmas. Para Harry, esse lugar é Hogwarts. Pense em um local que seja importante para você. Como esse local realça as qualidades que simbolizam sua Sonserina interior?

SEMANA 35

MOMENTOS SONSERINOS:

Atos diários de ambição, astúcia e liderança

Segunda-feira

Terça-feira

Quarta-feira

Quinta-feira

Sexta-feira

Sábado

Domingo

SEMANA 35

EM *HARRY POTTER E O CÁLICE DE FOGO*, Harry enfrenta um Rabo-Córneo Húngaro, que protege um ovo dourado na primeira tarefa do Torneio Tribruxo. Ele usa sua vassoura para cumprir a missão, uma decisão que combina com seus atributos grifinórios. Como você utilizaria suas qualidades sonserinas — astúcia e inventividade — para cumprir essa tarefa?

Arte conceitual de Harry enfrentando o Rabo-Córneo Húngaro, por Paul Catling.

Outra arte conceitual de Harry e o Rabo-Córneo-Húngaro, por Paul Catling.

SEMANA 36

MOMENTOS SONSERINOS:

Atos diários de ambição, astúcia e liderança

Segunda-feira

Terça-feira

Quarta-feira

Quinta-feira

Sexta-feira

Sábado

Domingo

SEMANA 36

EM *HARRY POTTER E A CÂMARA SECRETA*,

Harry descobre que sabe falar com cobras, uma habilidade que o assusta por conta da ligação com bruxos das trevas. Já descobriu algo a seu respeito que tenha assustado você? Como pode usar seus atributos sonserinos para superar esse medo?

SEMANA 37

MOMENTOS SONSERINOS:

Atos diários de ambição, astúcia e liderança

Segunda-feira

Terça-feira

Quarta-feira

Quinta-feira

Sexta-feira

Sábado

Domingo

SEMANA 37

ENQUANTO A VIDA NOS FILMES da saga Harry Potter é sempre animada, no mundo real todos nós ficamos entediados de vez em quando. No entanto, o tédio pode ser resolvido com um pouco de criatividade. Elabore uma lista de dez coisas que você pode fazer agora para desafiar, impressionar ou inspirar sua Sonserina interior. Lembre-se dessa lista na próxima vez que precisar de inspiração.

1.

2.

3.

4.

5.

6.

7.

8.

9.

10.

SEMANA 38

MOMENTOS SONSERINOS:

Atos diários de ambição, astúcia e liderança

Segunda-feira

Terça-feira

Quarta-feira

Quinta-feira

Sexta-feira

Sábado

Domingo

SEMANA 38

PAUSA PARA COLORIR

O medalhão de Slytherin é um importante artefato da Sonserina, além de ser também uma horcrux. O adereço que aparece no filme foi baseado em uma joia espanhola do século 18 e conta com um "S" adornado com pedras preciosas verdes, lapidadas como diamante. Quais objetos na sua vida representam sua identidade sonserina? Pinte o medalhão abaixo e decore a página ao lado com desenhos, colagens e enfeites que simbolizem esses objetos.

SEMANA 39

MOMENTOS SONSERINOS:

Atos diários de ambição, astúcia e liderança

Segunda-feira

Terça-feira

Quarta-feira

Quinta-feira

Sexta-feira

Sábado

Domingo

SEMANA 39

"Porque nos sonhos entramos num

mundo inteiramente nosso.

Deixe que mergulhe no mais profundo

oceano ou flutue na mais alta nuvem."

— Professor Dumbledore, *Harry Potter e o prisioneiro de Azkaban*

Nossos sonhos podem revelar muito sobre nosso mundo interior.

Escreva a seguir um sonho recente e explique como ele

se relaciona com a sua identidade sonserina.

SEMANA 40

MOMENTOS SONSERINOS:

Atos diários de ambição, astúcia e liderança

Segunda-feira

Terça-feira

Quarta-feira

Quinta-feira

Sexta-feira

Sábado

Domingo

SEMANA 40

IMAGINE QUE VOCÊ SE TORNOU MONITOR em Hogwarts. É seu dever orientar os novos alunos do primeiro ano da Sonserina. Escreva cinco conselhos que você daria para ajudá-los a abraçar sua identidade sonserina.

1.

2.

3.

4.

5.

SEMANA 41

MOMENTOS SONSERINOS:

Atos diários de ambição, astúcia e liderança

Segunda-feira

Terça-feira

Quarta-feira

Quinta-feira

Sexta-feira

Sábado

Domingo

SEMANA 41

NOS FILMES DA SAGA, Harry encontra muitos adultos que admira e respeita — como Remo Lupin, Minerva McGonagall e até mesmo Severo Snape — e que o ajudam em seu desenvolvimento como herói. Pense em alguém da Sonserina no mundo real que seja presente em sua vida e tenha inspirado você. O que mais admira e respeita nessa pessoa?

SEMANA 42

MOMENTOS SONSERINOS:

Atos diários de ambição, astúcia e liderança

Segunda-feira

Terça-feira

Quarta-feira

Quinta-feira

Sexta-feira

Sábado

Domingo

SEMANA 42

"Aqueles que nos amam nunca nos deixam de verdade. E você sempre pode encontrá-los. Aqui."

— Sirius Black, *Harry Potter e o prisioneiro de Azkaban*

Pense em alguém que você tenha perdido, seja por morte ou outra circunstância. Reflita sobre sua relação com essa pessoa e o que ela ensinou a você. Ela desempenhou um papel no seu desenvolvimento como um sonserino? Como?

SEMANA 43

MOMENTOS SONSERINOS:

Atos diários de ambição, astúcia e liderança

Segunda-feira

Terça-feira

Quarta-feira

Quinta-feira

Sexta-feira

Sábado

Domingo

SEMANA 43

O MUNDO BRUXO É REPLETO de uma gama assombrosa de criaturas mágicas: dragões, hipogrifos, elfos domésticos, centauros, fênix e muito mais. Qual criatura você acha que tem características similares às da Sonserina? Como você pode trazer o espírito dessa criatura para seu cotidiano?

Acima à esquerda: arte conceitual de um testrálio, por Rob Bliss.
Acima à direita: arte conceitual de Fawkes, a fênix, por Adam Brockbank.

Da esq. para a dir., em sentido horário: arte conceitual de Aragogue em sua toca, por Adam Brockbank; um centauro com seu arco e flecha, também por Adam Brockbank; Harry e Hermione voando em Bicuço, o hipogrifo, arte de Dermot Power.

SEMANA 44

MOMENTOS SONSERINOS:

Atos diários de ambição, astúcia e liderança

Segunda-feira

Terça-feira

Quarta-feira

Quinta-feira

Sexta-feira

Sábado

Domingo

SEMANA 44

HÁ GRANDES MOMENTOS DE PERIGO e luto nos filmes da saga Harry Potter, principalmente nos últimos, à medida que o mundo bruxo se envolve cada vez mais em uma guerra devastadora contra Lorde Voldemort. No mundo real, todos lidam com estresse, dores e perturbações emocionais de vez em quando. Por isso é importante priorizar o autocuidado. Como alguém da Sonserina, o que autocuidado significa para você? Como você se cuida diante do estresse ou da dor?

SEMANA 45

MOMENTOS SONSERINOS:

Atos diários de ambição, astúcia e liderança

Segunda-feira

Terça-feira

Quarta-feira

Quinta-feira

Sexta-feira

Sábado

Domingo

SEMANA 45

VOCÊ CONSEGUIU UMA GRANDE ENTREVISTA de emprego. Como pode usar seus atributos da Sonserina para ficar com a vaga? Elabore uma lista de coisas que você pode fazer para se preparar.

1.

2.

3.

4.

5.

SEMANA 46

MOMENTOS SONSERINOS:

Atos diários de ambição, astúcia e liderança

Segunda-feira

Terça-feira

Quarta-feira

Quinta-feira

Sexta-feira

Sábado

Domingo

SEMANA 46

HÁ DIVERSOS E GRANDES EXEMPLOS de heróis sonserinos nos filmes da saga Harry Potter, e o mais importante deles é Severo Snape. Ex-Comensal da Morte, Snape traiu Voldemort na Primeira Guerra Bruxa e virou um espião. Ele continuou como agente duplo na Segunda Guerra, tomando medidas extremas para acabar com o Lorde das Trevas. Mesquinho e até cruel, Snape é redimido por seu amor por Lílian Potter, e, no fim, ficamos sabendo que ele vinha ajudando Harry desde o princípio. Você considera Snape um herói? Suas ações na guerra compensam seu passado ou justificam seu comportamento como professor? O que você acha que define um herói da Sonserina? Pertencendo a essa casa, como você pode ser um herói na vida de alguém?

SEMANA 47

MOMENTOS SONSERINOS:

Atos diários de ambição, astúcia e liderança

Segunda-feira

Terça-feira

Quarta-feira

Quinta-feira

Sexta-feira

Sábado

Domingo

SEMANA 47

EM *HARRY POTTER E A CÂMARA SECRETA*, Draco Malfoy insulta Hermione para instigar Rony Weasley a atacá-lo, um ato que atinge em cheio as qualidades grifinórias de cavalheirismo e determinação de Rony. Alguém já usou suas características da Sonserina contra você? O que você poderia ter feito diferente?

SEMANA 48

MOMENTOS SONSERINOS:

Atos diários de ambição, astúcia e liderança

Segunda-feira

Terça-feira

Quarta-feira

Quinta-feira

Sexta-feira

Sábado

Domingo

SEMANA 48

EM *HARRY POTTER E A ORDEM DA FÊNIX*, Harry e seus amigos fundam a Armada de Dumbledore, um grupo estudantil secreto dedicado a enfrentar as regras de Dolores Umbridge e a aprender na prática técnicas para se proteger contra a magia das trevas. Sendo da Sonserina, como você pode defender aquilo em que acredita? Quais passos você sente que pode dar para contribuir com uma causa?

SEMANA 49

MOMENTOS SONSERINOS:

Atos diários de ambição, astúcia e liderança

Segunda-feira

Terça-feira

Quarta-feira

Quinta-feira

Sexta-feira

Sábado

Domingo

SEMANA 49

"Seremos tão fortes quanto formos unidos e tão fracos quanto formos desunidos."

— Professor Dumbledore, *Harry Potter e o Cálice de Fogo*

Pense num momento em que você teve um conflito com alguém que personifica as características de outra casa. Como você conseguiu resolver a situação? Suas qualidades sonserinas se mostraram um trunfo ou um obstáculo?

SEMANA 50

MOMENTOS SONSERINOS:

Atos diários de ambição, astúcia e liderança

Segunda-feira

Terça-feira

Quarta-feira

Quinta-feira

Sexta-feira

Sábado

Domingo

SEMANA 50

COMO TODOS SABEM, AS CARACTERÍSTICAS da Sonserina são ambição, astúcia e liderança. Após 50 semanas de reflexão e desenvolvimento, com qual dessas qualidades você mais se identifica? Com qual se identifica menos? Existem outras que você sente que também combinam com o perfil da Sonserina, mas não são muito comentadas?

SEMANA 51

MOMENTOS SONSERINOS:

Atos diários de ambição, astúcia e liderança

Segunda-feira

Terça-feira

Quarta-feira

Quinta-feira

Sexta-feira

Sábado

Domingo

SEMANA 51

"Temos uma coisa que

Voldemort não tem.

Pela qual vale a pena lutar."

— Harry Potter, *Harry Potter e a Ordem da Fênix*

Todos acreditam na importância de lutar por alguma coisa.
Sendo da Sonserina, pelo que você acha que vale a pena lutar?
Como você luta por essa coisa?

SEMANA 52

MOMENTOS SONSERINOS:

Atos diários de ambição, astúcia e liderança

Segunda-feira

Terça-feira

Quarta-feira

Quinta-feira

Sexta-feira

Sábado

Domingo

SEMANA 52

"Em breve, teremos que
escolher entre o que é
certo e o que é fácil."

— Professor Dumbledore, *Harry Potter e o Cálice de Fogo*

Para esta última atividade, reflita sobre o que você aprendeu. Como suas qualidades sonserinas ajudam você a tomar as decisões certas?

Publicado mediante acordo com Insight Editions, San Rafael, Califórnia

Neste diário, os termos específicos do universo Harry Potter foram redigidos com base na tradução consagrada de Lia Wyler para a editora Rocco. Já as citações de falas de personagens foram traduzidas conforme a dublagem brasileira para os filmes da saga, feita pelo estúdio Delart.

Este livro é o resultado de um trabalho feito com muito amor, diversão e gente finice pelas seguintes pessoas:

Gustavo Guertler (publisher), Paulo Noriega (tradução), Tatiana Vieira Allegro (edição), Paula Carvalho (preparação), Vivian Miwa Matsushita (revisão) e Juliana Rech (adaptação da capa e projeto gráfico).

Obrigada, amigos.

Dados Internacionais de Catalogação na Fonte (CIP)
Biblioteca Pública Municipal Dr. Demetrio Niederauer
Caxias do Sul, RS

I59h Insight Editions
Harry Potter : Ambição – Seu diário para explorar o mundo da Sonserina / Insight Editions ; tradutor: Paulo Noriega. - Caxias do Sul, RS : Belas Letras, 2021.
224 p. — (Harry Potter: diários)

Título original: Harry Potter: Ambition: A Guided Journal for Embracing Your Inner Slytherin
ISBN: 978-65-5537-102-4
ISBN: 978-65-5537-103-1

1. Literatura infantojuvenil inglesa. II. Noriega, Paulo. II. Título.

21/36 CDU 820-93

Catalogação elaborada por
Vanessa Pinent, CRB-10/1297